名流詩叢 1

秋天還是會回頭

掛在枝椏間的鳥巢
喜鵲總會飛回來
掛在天空中的鳥巢
秋天還是會回頭

李魁賢◎著

自 序

　　1967年生平第一次出國，被派往瑞士工作，異國情調處處新奇，加上有世界公園美譽的瑞士湖光山色，令人陶醉，除了寫成一本《歐洲之旅》散文集外，還用詩記下愉悅心情，這是我寫記遊詩的濫觴。

　　第二次出國是隨老闆去東南亞布局專利業務和專利品銷售管道，沿途收集資訊，回來寫成五萬餘字的《東南亞見聞散記》。

　　其後出國不是考察市場，便是參加展覽，來去匆匆，而且有商業任務在身，旅途中無法優游自得，即使有詩興，沒能周密觀察和思考，詩情輒稍蹤即逝，未留下記錄。

　　出國多次之後，不免漸趨懶散，因反省到若不利用機會勤於觀察、體會，枉費到處行蹤的機會，於是

下定決心不做走馬看花式的觀光客起居注，而以深層的心領神會醞釀詩的意象，做為詩的創作基因和驅動力，結果每次總有或多或少的收穫。

1982年開始有計劃嘗試寫記遊詩，發現這樣的旅遊成果，有助於觀察世界事務，感到印象特別深刻，漸漸養成習慣，愈寫愈順手，每一階段整理詩集，從《水晶的形成》（1986年）起，也都把記遊詩容納入相對應的紀年裡。

1993~1998年這六年間，算是我詩創作穩定時期，創作量也算豐富，把這六年間的記遊詩編成《秋天還是會回頭》，其餘則歸入《我不是一座死火山》，同時出版，成為孿生子，這是我進入花甲之齡前的產品，若要說是高齡產婦，其實此後幾年才進入我的豐收高峰期呢！

2009.09.21

自　序　003

在舊金山登高　009

沃茲涅先斯基來到韓國　011

荷蘭木鞋　013

雅典的神殿　015

西貢·1971　017

巴塞隆納　019

莫斯科的三條魚　021

木棉花的街道　023

俄羅斯船歌　025

魚子醬　027

紅　場　029

逃　亡　031

巨　鐘　033

塔林女導遊如是說　035

里加街頭畫家如是說　037

維爾紐斯旅館會計如是說　040

琥　珀　042

湖中蘆葦　044

不死靈魂的堡壘　046

憶布拉格　049

波斯菊　052

菟絲花　054

秋天的鳥巢　056

與山對話　058

杉林中的貓　060

冰河岩　062

北極蚊子　064

馴鹿和白楊　066

冰河飆車　068

聖誕老人　070

午夜的太陽　072

卡納克神殿 074

艾德夫馬蹄聲 076

日出撒哈拉沙漠 078

伊斯坦堡晨思 080

歐洲和亞洲的土耳其人 082

安納托利亞的麥田 084

愛奧尼亞海的夕陽 085

薩摩斯島 087

在古羅馬劇場聆聽音樂 089

在開普敦望海 091

克魯格公園中的一隻豹 093

我住在溫布里亞的古堡 095

在佩魯賈劇場唸詩 097

在古堡樹蔭下談詩後致楊煉 099

再見加爾各答 101

孟加拉虎 103

恆河日出 105

往喀什米爾途上　107

泰姬瑪哈的幽影　109

經幡高高掛　112

亭布的波斯菊　114

揮手的不丹孩子　116

在加德滿都　118

尼泊爾的活女神　120

卡斯凱什海岸　122

福爾摩莎的迴聲　124

格爾尼卡　126

馬德里萬歲　128

科爾多瓦的一幅畫　130

佛朗哥是誰　133

安達魯西亞的歌聲　135

詩的終點　137

天　窗　139

大提琴　141

神　殿　143

在舊金山登高

在舊金山日落區

一個小山丘

幾棵盤根錯節的老樹

地面是風化的散砂

灣區的晨霧剛散

我們像名人的銅像俯視著城市

有三位絡腮鬍的漢子

沿著我們上山的小路爬上來

像是阿拉伯的語言斷續傳過來

陌生的語言　陌生的臉孔

突然降臨陌生的世界

妻子和女兒率先從山丘的高地

尋路轉進　踩著陷到腳踝的軟砂

揚起滾滾砂塵

有中東硝煙的味道

我斷後且顧且走

退出了無心觀景的戰場

回頭已換上三位革命份子的形象

在剛出現陽光的山丘上

指手比劃著方向

1993.02.03

沃茲涅先斯基來到韓國

安德烈‧沃茲涅先斯基

蘇聯崩潰前敢於對建制說不的詩人

在韓國的機場國門

被叫到旁邊等候特別處理

成為和其他持有形形色色護照的人

不同存在的人物

詩人的身份當然比不上護照

做為國際詩人會議的榮譽貴賓

沃茲涅先斯基以屈辱的心情

終於在會場表達溫和的抗議

在現實政治干擾下的詩人

早已暢通無阻

用詩旅行世界各地

早已到過朝鮮半島　日本

甚至台灣和南海列島的某些心靈領域

在詩的世界裡享有免簽證的詩人

在東方日出之國度

首次成了失聲的暗中困獸

和某些詩人在自己國度的遭遇

一模一樣

1993.02.05

荷蘭木鞋

在木鞋製作坊

有一雙小船般的巨鞋

擱淺在門口

穿上它擺出巨人的姿勢

跨著虛無的馬

立地

揚著空無的矛

頂天

卻無法移動半步

想用巨鞋放大自己的身段

卻縮小了自己的比例

巨鞋一直擱淺

在門口

等待真正的主人

從童話裡旅行歸來

1993.02.08

雅典的神殿

多利斯巨柱支撐著

一片神話的天空

神話卻像浮雲一般飄逝

留下巨柱

支撐著歷史的廢墟

沒有趕上歷史的饗宴

現代遊客

紛紛擠進巨柱下的廢墟

把自己裝模作樣的姿勢

拍進歷史的鏡頭裡

每個人都用不同的角度

詮釋神殿的遺址

在唯一不變的世俗天空下

神早已失去了立身的場所

躲進歷史的角落

1993.03.07

西貢・1971

一個乞丐

兩個乞丐

三個乞丐

躲進街角黑暗的夢

一個士兵

兩個士兵

三個士兵

躲在酒吧黑暗的體臭

一排槍聲

兩排槍聲

三排槍聲
叫醒四處逃竄中黑暗的血

一個朝代
兩個朝代
三個朝代
擠進不知如何拼湊的黑暗的版圖

1993.04.15

巴塞隆納

哥倫布

站在巴塞隆納港口

五百年前

指著海洋的方向

那是矢志航行地球的方向

發現新大陸的方向

五百年後

仍然是哥倫布

仍然在巴塞隆納港口

仍然指著海洋的方向

那是創造歷史文化的方向

那是獨立自主的方向

巴塞隆納

啊　巴塞隆納

哥倫布永遠指著海洋的方向

1993.06.13
赴莫斯科機上

莫斯科的三條魚

貝加爾湖

曬乾的三條魚

排在莫斯科地鐵車站門口

面對來來往往的行人

俄羅斯人嚴肅的臉孔

過了春天

仍是冬季的氣候呢

臉上乾裂的皺紋

剛犁過的田畦

六月冷冰冰的雨水流過

天空還在發抖呢

三條乾魚在貝加爾湖來的農民手中

望著來來往往的行人

和失去魚子醬味覺的俄羅斯人一樣

嚴肅而沒有笑容

1993.06.15
赴聖彼得堡機上

木棉花的街道

六月天

還有雪花飄舞

在聖彼得堡寂靜的天空嗎

陽光照在涅瓦河上

河邊停留的艦艇

砲口仍然默默對著冬宮

碇泊在十月革命的回憶裡

那時起

六月天照樣有雪花飄舞嗎

木棉花絮飄舞在六月的天空

普希金的青銅騎士英姿煥發

陽光照在聖彼得堡的街道

雪花飄過芬蘭灣

那是杜思妥也夫斯基地牢的天空

俄羅斯終於獨立了

原來冬季裡雪花沒有說完的心事

如今藉著木棉花在六月寂靜的天空

絮絮不休著不知誰是誰非的旋律

1993.06.15
聖彼得堡

俄羅斯船歌

俄羅斯的民歌

順著涅瓦河的河水流著

船歌　啊　俄羅斯的船歌

迴旋著層層的漣漪

手風琴　曼陀林　搖鼓和響板

組合著俄羅斯　韃靼　高加索

哥薩克　吉普賽和烏克蘭各種民族的交響

音樂的組合也就是民族的組合

蘇聯解體了

六個民族加盟的民俗樂隊

仍然唱著回腸蕩氣的歌謠

仍然和涅瓦河的漣漪一樣

分不出彼此的音域

音樂的融合已經超出了體制

甚至已不只是俄羅斯的船歌

遠到人為藩籬而長期隔絕的台灣人民

也在心裡震蕩著層層的漣漪

1993.06.17
聖彼得堡

魚子醬

一罐魚子醬

在廣場叫賣的小販手中

不搶眼的包裝

卻吸引著夢般的眼神

俄羅斯人憂愁的目光中

魚子醬已脫離了

麵包和牛奶的氣味

獨立成一段神祕的旅行

在遠方忘了歸鄉路的信鴿

在雨後猶帶潮濕

然而亮麗的莫斯科天空下

早餐後魚子醬的齒香

也能引起踽踽閃身而過的行人

錯愕而茫然的疑惑

遊客插入口袋中的手

和小販乞憐的眼光

同時僵住

使早晨的空氣不知所措

1993.07.08

紅　場

列寧躺在紅場

用花崗岩砌造的坦克車密室裡

無聲對著外面遊客的喧嘩

這是最後的陣地

堅持的意識形態表現在

身後克里姆林宮牆腳下

那一排少數幾個漠然的頭像表情

互相依偎統一陣線也抵禦不了

提早到來的一場風雪

擁戴的聲音　鐵靴的聲音

未到百年就換來了指指點點

紅場遊客的興趣

只是那些套裝的俄羅斯玩偶

和遺物一般十塊美元的紅星錶

用坦克武裝的列寧遺體戰備

能敵得過人民的反省

從容面對歷史的審判嗎

最後的陣地

能抵禦終將被移置的最後日子嗎

1993.11.28

逃　亡

銅像逃亡之後

基座依然

靜立在祕密警察總部前

呈現荒蕪的身段

只有蔓草

代替往日錦簇的花圈

只有枯枝

代替威武的錦衣衛隊

銅像逃亡

基座在

勳章逃亡

歷史在

愛情逃亡

詩歌在

生活逃亡

風雪在

啊啊

逃亡的天空裡

只有雁的悲吟在

1993.12.06

巨　鐘

莫斯科鐘王

震魂奪魄的凌雲激越之聲

已成絕響

除了歷史教科書上

還留有一絲餘音

從高聳的鐘樓睥睨城市

時間的幽靈始終籠罩著一切

如今落在地面

成了大地沉重的負擔

那一塊破片

永遠無法彌補了

露出歷史的唯一缺口

偶爾噓出一兩句沉悶之聲

1994.12.28

塔林女導遊如是說

從俄羅斯到愛沙尼亞
塔林女導遊色喜地說：
「我們又獨立了！」
街上的笑容開在花的臉上
我們也有蝴蝶會飛過波羅的海
即使沒有海鷗和遊艇多

「你們獨立了　幸福嗎？」
當然　女導遊色喜地說
我們恢復了尊嚴
我們有了自己的三色旗
藍天　肥沃的黑色大地和純白的心
我們有自己的貨幣
價值是俄羅斯盧布的一百倍

俄羅斯人在愛沙尼亞

有的變成我們的親戚朋友

有的變成外國人繼續僑居

我們的鴿子在廣場遊憩

我們的畫家把風景畫裝飾街道

任人把愛沙尼亞的回憶帶回裝飾生活和美夢

塔林女導遊充滿自信的幽默和開朗

掃除了俄羅斯的嚴肅和陰霾

1993.06.19
愛沙尼亞塔林

里加街頭畫家如是說

瑞典人來的時候

我們的鮮血流向大地

用沾血的裹屍布展示我們

崇高的獨立精神

德國人來的時候

在我們的土地上築城堡

卻不讓我們蓋自己的堡壘

我們在屋頂砌造黑貓

尾巴對著他們的城堡

他們不容許

一夜之間全城黑貓絕跡了

我們改造黑貓的姿勢

作勢撲向他們的城堡

俄國人來的時候

我們把房屋蓋成煙囪朝外

對著他們家的正廳

他們逼我們設門

我們只留一個小小的偏門

俄國人找不到我們正門的方向

現在我們拉脫維亞獨立了

我們抗爭的故事豐富了民俗的內容

我們鮮血的旗幟每天打開美麗的天空

我們有了黑貓的象徵造型

笑容是我們內心發散的臉孔

1993.06.20

拉脫維亞里加

維爾紐斯旅館會計如是說

不　抱歉

俄羅斯盧布我們不接受換錢

不只是因為不值錢

其實我們痛恨那種符號

還有上面那個列寧頭

（即使他們漸漸換掉

我們還是不喜歡）

我們本來就是獨立國家

俄羅斯人憑什麼佔領我們

經過列寧　史達林一連串的恐怖頭子

我們每個立陶宛人都變成

俄羅斯標準的愁眉苦臉

不　抱歉

我們不喜歡俄羅斯盧布上的列寧頭

你看　我們的紙幣上是可愛的動物

無論野牛　羚羊或雉雞

沒有那種齷齪的樣子

美元我們最喜歡

（街上小販都可接受交易）

其他像馬克　英鎊　芬蘭幣都可以

至於新台幣　我們不知道為什麼不可

台灣發行自己的錢幣

不是一個獨立的國家嗎

我們立陶宛是獨立後才擁有自己的錢幣

1993.06.21
立陶宛維爾紐斯

琥　珀

我的夢沉落在波羅的海底

溶化著夕陽的餘暉

凝結成這樣金黃的鄉愁

像一個沉船的故事一樣

來不及告別的嘆息和淚水

凝結成這樣忍不住的遺憾

然而　因為蘊含沉重的鄉愁

才有這樣金黃的美色吧

然而　因為夾雜有未完成的遺憾

才有這樣令人愛不釋手的純情吧

女人的項際成為琥珀的溫床

補償數千噚下寒凍的遺憾

與純情的如玉手腕相偎輝映

解消數千年間流離失所的鄉愁

1994.10.02

湖中蘆葦

一管蘆葦吹奏夕陽的哀傷

老人坐在湖邊　像是牧羊神

微風吹動他的白髮

立陶宛舊都特拉凱古堡的後方

夕陽把剩餘的血色留給天空

暮色蕭蕭　笛音是生命流動的水聲

我是在微風中保持

映照著湖水的蕭蕭蘆葦

畢竟我是根植島湖泥中的水生植物

但我露出水上思考

沉默是我的本質　笛聲其實是

老人的心聲　我自己始終無言

1994.10.13

不死靈魂的堡壘

人要知道歷史

歷史才不會重演

————桑塔耶納

四百五十萬不屈服的猶太鬼魂

解放後1945年起

開始死守著奧斯維茲集中營區

如今成為不死靈魂的堡壘

歷史上再也無法易幟的犧牲勝地

腐髮中殘留有氰酸氣味

連童鞋也被割裂開口

匆匆提著積蓄上路的皮箱

書寫姓氏標記成了墓碑

多少鬼魂還在尋找失散的親友

雙重的高壓電鐵絲網

突出的瞭望塔台

無論如何相互打著燈語

探照著最幽暗的角落

已經無法阻止自由空氣的穿梭

死牆面對的已不是被關在室外的槍聲

招呼待決死囚的瞬間

而是無辜歷史的永恆

以屈辱而始終不屈服的意志

控訴著泯滅人性者永遠無法洗清的恥辱

1993.06.25
波蘭樂斯拉夫

秋天 還是會回頭

憶布拉格

在黃金巷意外遇到卡夫卡

屋內黯淡的光線

親繪封面的書籍和紀念卡片

以及肖像中不時露出憂鬱的眼神

時間終於一點一點離去了

回到伏爾塔瓦河邊

山上的古堡不是卡夫卡小說的城堡

已經是劇作家哈維爾的總統舞台

空間終於一點一點離去了

在河邊柳樹下意外遇到斯美塔納

查爾斯橋下滾著渾濁的河水

渾濁的河水滾著波希米亞民族熱情的音符

熱情的音符滾著不死的夢想

時間終於一點一點迴盪著

斯美塔納音樂的祖國在捷克

捷克放棄了斯洛伐克還是斯美塔納的祖國

祖國是在流著波希米亞血液的布拉格

空間終於一點一點迴盪著

在布拉格刻意尋找卻未遇到里爾克

橋邊有口不能說的石雕形象

橋上有眼不能看只會出價買俗品的遊客

橋頭有耳不能聽只用手比劃騙錢的遊蕩者

時間終於一點一點逼近來

只有在布拉格的故事裡遇見里爾克

只有在祈禱書的冥想中遇見里爾克

只有在悲歌的實存探求中遇見里爾克

空間終於一點一點逼近來

1994.06.08

波斯菊

首爾立秋後的天空下

波斯菊睜大著充血的眼睛

夜來無眠的心事

仍然思索著

不知是真是假的話語

天空只能看到一半

另一半老是躲在話語的背後

韓國人醉心的花

可思莫思　可思莫思啊

看不到的天空

就讓它永遠隱藏
在地球的背後吧

我充血的眼睛
只仰望著看得到的部份
立秋後的天空
蔚藍得令人心慌的天空

1993.09.06

菟絲花

在天空一樣遠的秋天前面

有重重疊疊的山巒

依偎在首爾邊緣的山巒前面

有一畦畦顏色深淺不同的波斯菊

隱藏在韓國人心靈裡的波斯菊前面

有兩朵孿生子一般的向日葵

挺立在秋窗下的向日葵前面

有鶴一般秀麗的菟絲花

在我來到向日葵前面的

波斯菊前面的

首爾山巒前面的

秋天一般遠的天空前面的時候

那鶴一般秀麗的菟絲花

是女子繫著地球的一縷青絲

1993.09.07

秋天的鳥巢

秋天離去的時候

天空留下來

樹葉離去的時候

鳥巢留下來

築在枝椏間的鳥巢

喜鵲何時會飛回來呢

築在天空的一個角落

心境因陽光反射而閃閃發亮

在秋天遺棄的風景中

鳥巢沒有隱藏任何心事

未來的生命和歷史

會在坦然的天空中繼續發展吧

掛在枝椏間的鳥巢

喜鵲總會飛回來

掛在天空中的鳥巢

秋天還是會回頭

1993.09.12

與山對話

山沉默不語
用岩層堅持它的性格

有時候透過鳥的聲音
有時候透過樹的手勢
向村民招呼

只有在雪融的時候
才伸出長舌瀑布
嘩啦啦述說不停
我聽不懂的挪威話

我也沉默不語

學習岩層堅持我的性格

只揮揮手

用眼睛說：「好（gau）早！」

1995.06.19
挪威利德

杉林中的貓

純黑的貓

在透射陽光的

杉林裡款款閒步

熊一般雍容

不搜尋什麼

純然是例行巡視

冷冷的陽光　甜甜的空氣

我忍不住吹了一聲口哨

貓抬頭望望樓台上的我

急步往林深處竄走

讓我想起

昨天那隻飛到餐桌上

對我虎視眈眈的蚊子

至今還沒有飛走吧

1995.06.21
挪威金沙維克

冰河岩

冰河到海口的距離

只是風

冰河時代到海洋時代的距離

只是雪

帶著懷念妳的夢

走過風的世紀

帶著懷念妳的相思

涉過雪的紀元

大西洋啊

我急急奔向妳

數千年才移動寸步

我還是堅定地邁向宿命的至愛

直到妳不再澎湃
我就把整座山的岩層獻給妳
按照原先的約束
不說一句話

1995.06.24
冰島雷克雅維克

北極蚊子

縱然已習慣露水的食性

聞到血腥仍然蜂擁而至

經風雪的季節凍僵的

是溫情的夢

凍不死的是民族侵襲的風格

台灣人縱是豐沛的血庫

台灣人畢竟不能

做為蚊子的血庫

在沼澤的原鄉繁殖

北極圈就是死守的生活圈

不要盲目跟隨南下

就保守歷史的死水吧

還有冰雪底下可以躲過浩劫

南方沒有沼澤地

台灣沒有沼澤地

台灣永遠沒有沼澤地

1995.06.29

芬蘭伊瓦洛

馴鹿和白楊

白楊學著馴鹿
把樹枝長成鹿角
向天空展示

馴鹿模仿白楊
把鹿角長成樹枝
到處招搖

白楊有時裝成馴鹿
隨意移棲生殖地
馴鹿有時裝成白楊
固定地方休息

馴鹿和白楊在北極圈

彼此變換動靜

觀察稀有人類

偶爾稀有的動靜

1995.07.01
芬蘭伊瓦洛

冰河飆車

雪車在雪地上

雪人在雪車上

雪在雪人身上

我是新鑄的雪人

馳騁過雪的空間

看不到時間

糾纏於雪的時間

看不到空間

雪原上沒有懸崖

我卻在懸崖上馳騁

雪原上沒有絕壁

我卻在絕壁上糾纏

前面沒有空間

後面沒有時間

中間只有雪

雪地　雪車　雪人

1995.07.12

聖誕老人

小時候
不知道什麼是聖誕老人
只看到田莊的老阿伯
認真做穡
犁田犁到臉上

長大後
聖誕夜上過教堂
沒有看到聖誕老人的樣子
缺少一雙多餘的襪子
連老鼠的禮物也沒得過

過了中年
沒想到一腳跨過北極圈

就進到聖誕老人家裡
原來富泰的老人家是做生意的
賣紀念品　拍照也收錢

老人說年紀太大不能去各國送禮
只坐在家裡學會各種語言
逢拍照的人就說：謝謝你！
我沖洗的照片卻無聖誕老人蹤影
究竟是一場夢　還是見到幻影

1995.07.13

午夜的太陽

羅宛聶米的人說
他們在夏天只有釣魚和做愛
他們很奢侈

仲夏午夜在橋上
看火紅太陽還在天邊
羅宛聶米的人連看都不看
他們很奢侈

有人整天看不到太陽
有人一輩子看不到太陽
羅宛聶米一天有二十四小時的太陽
他們很奢侈

羅宛矗米的人說
他們到了冬天連釣魚也不釣了
他們很奢侈

那時候
羅宛矗米的天空可能整天沒有太陽
他們把太陽藏在被窩裡
他們真的很奢侈

1995.07.15

卡納克神殿

列柱以密林的姿勢

守住一個神殿

陽光照得到的是一面

照不到的另一面是神話

象形文字的記號深深崁入柱體

像每一個愛情故事一樣堅牢

崁在歷史中勝過洪荒

儘管有的會斑剝有的會磨損

礎石　基座　塔門　方尖碑

看得到的標榜都屬於法老王

而幾千年後的人民

竟然就靠這些祖先的血汗來輝煌

奇怪吸引我來到神殿廢址的
不是古埃及文化的神祕
而是那位憂鬱的波希米亞詩人
里爾克的詩以及告別時如何輕鬆自如的詠歎

1996.02.26
盧克索

註： 埃及卡納克（Karnak）離盧克索（Lixor, 古代底比斯 Thebes）三
　　公里，神殿建於五千二百年前，以巨大柱林風靡於世。

秋天 還是會回頭　　075

艾德夫馬蹄聲

得得的馬蹄在街上奔馳

會敲響尚未醒來

或者永遠不會醒來的永生之夢嗎

街上飄飛著的是

現實馬糞和尿騷的味道

神話人物親情仇敵的血腥味道

神的記仇報復

竟然比人間還要殘暴

把兄弟屍身分成十四塊也在所不惜

在艾德夫的勝利之地

即使鷹神的神殿

法老王的神勇記錄也會被基督徒肆意毀滅

最後人為的篡改都會被歷史毀滅

而歷史也會把人間的真相復活

無論是戰爭　和平　還是愛情的故事

1996.02.26
尼羅河上

註：　艾德夫（**Edfu**），在盧克索以南，有祭拜鷹神何露斯（**Horus**）的
　　　神殿，建於二千三百多年前，保存完整，殿址為何露斯復仇勝利
　　　之地。

日出撒哈拉沙漠

天玄

玄到天無一絲色彩

地黃

黃到地無一絲皺紋

天幕外打開一個吹管口

熔鐵爐的熔岩吹出一個玻璃球

像神話一樣愈吹愈大　愈吹愈紅

一下子吹破了

從此啟明一片天地

然而　也從此

人人津津樂道神話的起源和演變

阿蒙拉天天在沙漠

表演這種吹球絕技

總是從天地玄黃開始

1996.02.27

亞斯文

註：阿蒙拉（Amon-Ra），埃及的太陽神。

伊斯坦堡晨思

方尖碑上的埃及象形文字
讀著土耳其嗚咽的天空

耶穌基督躲在教堂牆壁的灰泥背後
也不知聽了幾世紀可蘭經的吟誦了

維吾爾人從中國新疆一路亡命到伊斯坦堡
終於找到一坏土樹立了東土耳其斯坦烈士紀念碑

然而有更多的庫德人在血腥的土地上
拚命要掙脫歷史和空間的枷鎖呢

俯臨博斯普魯斯海峽藍得和明瓷一樣的海水

我把金黃的晨曦攪進早餐乳白的優酪中

1996.06.20
伊斯坦堡

歐洲和亞洲的土耳其人

歐洲的土耳其人和亞洲的土耳其人是親戚

歐洲的土耳其人和亞洲的土耳其人是朋友

歐洲的土耳其人和亞洲的土耳其人共同守住海峽

從博斯普魯斯海峽左岸到右岸

渡船即可橫越歐洲和亞洲

跨過大橋即可一天來回幾次歐亞兩洲

歐洲的土耳其人到亞洲的土耳其念軍事學校

亞洲的土耳其人到歐洲的土耳其政府機關辦事

同一個土耳其國度卻形成洲際的領域

左岸的桑葚和右岸一樣鑲嵌著鑽石的天空

右岸的雞蛋花和左岸一樣燦爛著人民的眼睛

左岸的人民和右岸一樣無法拼出自己的族譜

亞洲的土耳其人和亞洲的土耳其人成為敵人

亞洲的土耳其人和歐洲的土耳其人說同樣的土耳其話

歐洲的土耳其人和歐洲的土耳其人無法統一立場

歐洲廢棄的古堡和棄置的皇宮都已解除了藩籬

把土地和天空還給了土耳其人民

然而亞洲的土耳其人卻開始要獨佔天空和土地

1996.06.26

卡巴多齊亞

安納托利亞的麥田

鮮黃一塊　金黃一塊　鵝黃一塊
橄欖黃一塊　檸檬黃一塊

安納托利亞高原的麥田
以如此集錦的調色盤
排列組合著季節的遊戲

耗盡了陽光的黃色光譜
天空剩下灰不灰　藍不藍的寂寞

在集錦的隨興調色中
綠黃一塊　焦黃一塊　淺黃一塊
偶爾褐黃一塊　土黃一塊

1996.06.27
巴穆卡麗

愛奧尼亞海的夕陽

把滿身熱血貢獻給大地後

朝向翠綠的愛奧尼亞海灣

說再見吧　希臘　再見

為了文明的祖國　獻出一生的詩人

追隨阿波羅的形跡　留下桂冠

留下鮮血的葡萄　讓戴奧尼西斯

獻酒給為獨立而完成志業的希臘人民

於是　希臘姑娘有了美貌和笑容

於是　希臘漢子有了健壯和幽默

於是　夾竹桃的紅白笑臉

夾道沿著海岸迎送到奧林匹亞

櫻桃一般的詩人提早殞落

看不到希臘獨立的美

也不必為不能實踐的民主感嘆

希臘創造了文明的歷史

締造了近代追求獨立的光輝

然而　夕陽的壯烈卻不再浪漫了

再見吧　希臘！再見吧　詩魂！

1996.06.30
奧林匹亞

註：　英國浪漫詩人拜倫參加希臘獨立戰爭，逝於愛奧尼亞海。西方民
　　主搖籃的希臘，如今卻是專制當道。

薩摩斯島

一個小小的瓜棚

就可以出賣

一大半夏季的天空

紅藍二色桌布

蓋住一個祕密

棋盤花格的桌面

一杯冰透的橘子水

禁不住唱起歌來

海水不休息地藍著

天空剩下

一顆石雕的大眼睛

周圍侍者真多

矮胖的藍繡毬是一個

高瘦的紫藤是一個

剩下的都是觀光客

幽浮般在岸上飄浮

夕陽是遊輪

在海上發出的求救信號

1996.08.28

在古羅馬劇場聆聽音樂

在埃皮達魯斯的烈日下

奧爾甫斯是一片雲

琴聲是七道的流泉

劇場中央是夢的原點

神話在此萌芽　開花

音樂以層層的漣漪向上推展

我退到離歷史最遠的高點

金屬落地的聲音清脆傳來

發出禁錮數千年後釋出的一聲驚歎

在我身後不耐煩排隊的樹木

都長出千百個豎起的耳朵

一律朝向音樂的方向

現代奧爾甫斯站上劇場中央

東西方匯聚的觀光客凝神傾聽

笛聲揚起的是〈黃昏的故鄉〉……

1996.09.05

註： 埃皮達魯斯（Epidaurus），古希臘重要商業中心，往麥錫尼途
中，保存有完整的古羅馬劇場。

在開普敦望海

魯本島上的風聲　這邊聽不到

魯本島上的酷刑　這邊看不到

魯本島上的歷史胎動　這邊茫然不覺

被放逐到魯本島上的人

社會終於還是接納到主流

歷史終於還是接納到主流

先知被獨裁者放逐

最後獨裁者被社會放逐

最後獨裁者被歷史放逐

在海邊極目眺望　火燒島在哪兒

受酷刑的台灣　依然在放逐中

台灣的歷史　台灣人依然茫然不覺中

南非的新國旗在空中飄揚

南非人不同種族有同樣的笑容

南非要拋棄台灣　因為台灣落後太遠太遠……

1997.02.15
約翰尼斯堡

克魯格公園中的一隻豹

不喜歡在光天化日下出現的豹
終於不顧一切施施然現身
不適應廢氣污染的豹
終於在遊覽車後面表現忿忿然的姿勢

已經不管立於天地之間是什麼氣概
也不再隱身岩山或岩洞故作神祕
荒原遍插樹木也不如欄干頑固
隨意穿梭則到處是一片生活的世界

以快準的時間追求宇宙中生存的意義
不惜那些遊園的嘻嘻哈哈過客

指指點點身上金錢標識的毛皮

不能透視心靈中的不滿和自足

1997.03.02

我住在溫布里亞的古堡

靠在古堡的窗口

看到的依然是舊世紀的天空

沒有風告訴白楊如何搖動

涼意和時間一樣慢慢滲透石壁

沒有誰在空中呼喚我

只有機械的聲音在山谷裡

黑色的土地上書寫農民的哀歌

想離開故鄉又不得不留在故鄉廝守

究竟我是誰

會是飄泊數百年後

偶然回到故鄉的浪子嗎
在窗口看到不知何時的記憶重現

只是同時生活過的朋友或敵人
都紛紛化身成翩翩的燕子
繞著古堡的周圍飛翔
看著我招呼的手勢忽近忽遠

1997.05.22

在佩魯賈劇場唸詩

我面對的是什麼樣的心靈

期待的是卡度齊　夸西莫多　蒙塔萊

那樣在我心目中的先知詩人

還是可與我一起共同呼吸的同儕

我唸的是我的文字　表現的意義對你們

成為聲音的符碼　會產生什麼樣的感應

在古典的佩魯賈　在古典的劇場

我心靈錯綜的小小波動會有同樣頻率的振盪嗎

在靜悄悄的幽暗空間裡

聚光燈投射我在舞台上的身體

不知道是什麼偶然的錯誤

還是必然的發展在暗中進行

就像輕輕撥動一根弦

或許觸動天邊一股閃電

或許在寒風中沒有一絲回音

連自己也不留下一點點回憶

1997.05.22

在古堡樹蔭下談詩後致楊煉

你的國家在世界極大化的時候
你把它極小化到你心中的一個小點
我的國家在地圖上極小化到一個小點的時候
我把它極大化到籠罩我的全副身心

就像我們在樹蔭下談詩
隨著太陽的軌跡在座標上來回移動
和你在地球上浪跡的距離相較實在小之又小
我卻不得不和太陽的步伐在競賽

你在語詞裡追求詩人存在的意義
我試圖透過真實的意義

表達我的國家存在的價值

現實在語言不同的面向也會風雲變化吧

你在把國家極小化當中壯大自己

我在把國家極大化當中提升自己

不同的軌跡在這一點匯聚

然後像雙曲線一般也許會有相同的方向也許不會

1997.05.22
日本石川縣山中溫泉

再見加爾各答

恆河是一條盲腸

穿過翠綠的千山叢林

穿過多少王朝和統治者

孕育尊重生命的民族

恆河容納所有污穢

乃能誕生神聖

悉達多容納一切苦修

乃能成為佛陀

街道垃圾邊靜坐的

是詩人還是覺者呢

與貧困同在的
有泰戈爾也有德蕾莎

三十年前過門不入的加爾各答
我看到更多人間眾生相
不同膚色形相　不同語言風貌
也有不同的心情和表情

社會階級是消滅不了的螞蝗
連語言也有新的階級
笑容也跟著有了階級
唯有貧窮始終是真正沒有階級

1997.09.27
印度大吉嶺

孟加拉虎

「願和平主宰大地」

我咀嚼著大吉嶺下山途中

一家咖啡店園中立碑的信念

在另一家幽靜的餐廳裡

孟加拉虎的白額金睛

透露君臨萬邦的威猛

往孟加拉途中

除了叢林就是茶園

除了叢林和茶園就是螢火蟲

一閃一閃的信號

彷彿有千百隻孟加拉虎

對入夜焦燥的空氣虎視眈眈

越過一個店頭又一個店頭

遇到為迎神賽會募款的青年大隊

絡腮漢子彷彿就是神子

沒有關卡卻可以攔路

沒有立碑也可以傳世

沒有虎牙還可以張牙舞爪

1997.09.28
印度彭措林

恆河日出

面對著恆河日出

沐浴淨身可洗滌一切罪孽嗎

面對著恆河日出

焚燒凡身期待來生幸福嗎

滾滾濁世　滾滾紅塵

恆河日出吸引觀光客

觀光客吸引更多乞討者

乞討者吸引更多髒亂

混濁的恆河或許可以洗淨心靈

卻把皮膚洗成污穢的顏色

洗禮洗不掉賤民的習性

卻把聖城洗成地獄

如果人生如此窮苦

期待來生有什麼意義呢

如果今世幸福滿足

何以還貪來生呢

1997.10.05
阿喀拉

往喀什米爾途上

白毛牛躺在高速公路上
於烈日下反芻著和平的白日夢
與世無爭的慈祥的長長臉孔上
看不出是印度教　伊斯蘭教還是佛教的信徒

一條牛　兩條牛　三條牛佔據道路
改變不了道路　卻轉折前進的軌跡
霸道的畜牲　有神聖的信仰支撐
使喀什米爾綠色的誘惑曲折而遙遠

好在阻道的是白毛的聖牛
而不是偽裝綠色制服的兵士

他們赫赫雄風的荷槍實彈
確實比備而不用的牛進步

爭取和平或是維持和平的呼喚
還不如牛躺在公路上的和平姿勢
無視於兩邊激烈咳嗽的機械聲音
急急往喀什米爾前進還是後退

1997.10.10
印度德里

泰姬瑪哈的幽影

暮色靄靄　鬼影幢幢

細雨竊竊細語

雨滴像蒼蠅

馬鞭揮也揮不走

前後擁至的

似有形又似無形

無燈　對不需燈的世界

有燈亦似無燈

而需要燈的世界

無燈便成另一世界

在幽明的世界裡

泰姬瑪哈就成為凝固不動的鬼魂

歷史不如愛情故事

愛情故事不如

耗資難以計數的古代建築

古代建築不如白天的太陽

太陽不如一位大臣來訪

將泰姬瑪哈封鎖

停止一般人參觀

大臣成為白天無人得見的幽魂

幽魂可以無形膨脹

如泰姬瑪哈龐大的陰影

填滿似有形又似無形的

傳統和社會體制

夜色靄靄　細雨竊竊

外面有更多準備

蜂擁而至兜售的遊魂

馬鞭揮也揮不走的雨滴……

1997.10.17

經幡高高掛

　　印好經文的布帛高高掛起

　　與神對話　與天空對話

　　與大自然對話

　　與從來不會理解的命運對話

　　對話不必用任何語言

　　經幡高高掛起時

　　風首先會知道

　　用裂帛的聲音傳遞經文的內涵

　　不丹人從風聲中相信

　　神知道意思　天空知道意思

大自然也知道意思

但人民不知道意思卻是命運

或許高山最近神　天空　大自然

不丹人固守著山的生活

把經幡高高掛起

等待風聲傳回未來平安　富足　幸福的消息

1997.09.29
不丹亭布

亭布的波斯菊

往東　東方可思莫思

往西　西方可思莫思

往南往北　南北可思莫思

從國立圖書館周圍曠野

到小農家屋角籬邊

到道路兩旁荒蕪而繁榮的草地

可思莫思花是不丹大地的千眼

望盡鳥聲　雲影　風言　風情

始終含露千種的笑意

不選擇生長地的可思莫思花

卻選擇了不丹這最後的香格里拉

和神鷹的叫聲一樣不可解的神祕

穿著傳統服飾的不丹少女

是各種變色的可思莫思花

溫柔　從容　沉默　而且善解人意……

1997.09.30
不丹亭布

揮手的不丹孩子

不丹的孩子　不管男孩還是女孩

在路上看到陌生的臉孔

用揮手表示內心的美感

對一瞬而過的旅客

在揮手歡迎中同時告別

沒有激情也沒有惆悵

只是那樣平凡的奇遇

在迎來送往的一剎那

卻是天地間溫馨的姿勢

不丹孩子輕輕的揮手

自然如像風中的大麗花

優雅如像林中的飛鷹

在山路中馳騁的寄旅

陶然於大自然青翠的神聖

我的目光總是極力在搜尋天使般揮手的小孩

1997.10.02
不丹巴羅

在加德滿都

為什麼人可以臉塗白漆

皮膚沾滿土灰　四肢像乾枯的樹枝

跪爬在路旁和狗一樣

在加德滿都　神秘的加德滿都

為什麼伸出枯枝般乞憐的單手

用三肢學跛足的狗爬行的乞者

沒有人垂顧　甚至比不上一條狗

在加德滿都　神秘的加德滿都

為什麼天熱時　太陽給他太多熱量

為什麼天冷時　老天給他太多雨水

為什麼只有汽車排放的黑煙給他施捨

在加德滿都　神祕的加德滿都

為什麼滿懷嚮往古國的心情

對貧窮寄予無限同情的態度

卻無法寫下一個讚美的詞組

在加德滿都　神祕的加德滿都

1997.10.06

尼泊爾的活女神

神是死去的存在
所以神是看不見的
尼泊爾人卻創造了活女神
天真的女童扮演的是天真的想像

因為是活女神　依例應囚禁在神廟內
因為是活女神　依例應讓人民參觀或膜拜
宅居深院內　由退休的活女神服侍調教
只有閣樓的窗戶可以透氣

活女神必須童貞　禁止嬉笑
童貞必須性忌　見血即褻瀆

退休的活女神墜入凡間時

才開始體驗人生的生老病苦

假如不獲選活女神　也會和玩伴去兜售活女神的

　　照片吧

或許也會和其他孩童一樣去糾纏觀光客吧

或許也會伸手討一些滿足的同情吧

還是活女神幸運　雖然戲不能演太久

1997.10.14

卡斯凱什海岸

到了歐洲大陸西邊盡端的羅卡岬

好像一個有完沒完的愛情故事

在此劃上一個休止符

沿著大西洋海岸往卡斯凱什

不知是故事的延展還是餘韻蕩漾

崢嶸的礁岩忍受著洶湧而來的海浪

一波波激昂得不惜噴向天空的心事

像是無言的嗚咽或是不能自己的抗議

在夕陽沉淪後再也沒有任何見證

海洋永遠有完沒完地傳遞遠方的訊息

從遠到人類尚不知任何記事的時代

遠傳到無人會留下任何記憶的荒涼心房

結束的故事有時卻一直存在

有時成為傳說　有時成為神話

有時恢復到渾沌未明的初生狀態……

1998.02.01
里斯本

福爾摩莎的迴聲

來到里斯本，耳中迴繞著歷史的產聲
Ilha Formosa！神聖　愉快的歡呼

像那位錄音師　在里斯本的故事裡
到處尋覓記錄這個世界的脈搏

我要傾聽台灣在葡萄牙水手的驚呼中
在世界歷史的譜系裡發出無法磨滅的原音

在太加斯河邊的航海紀念塔前廣場上
我看到台灣在世界地圖上佔有明顯的位置

不是蕃薯　在航海家凝視世界的海圖上
台灣變成辛德麗拉一隻閃亮的鞋子

我仰望哥倫布在五百年前堅毅的眼神和姿勢
立在船首永遠望著前方一直退縮的水平線

不再靜靜躺在太平洋等候水手的驚歎
台灣航向世界到處聽到不同的腔調：Hi Taiwan！

1998.02.02
西班牙巴達霍斯

格爾尼卡

一幅畫的誕生

使用一個城市的硝煙

沾著人畜斷肢殘臂的血肉

一幅畫的誕生

用單色的沉默抵擋單色的政治體制

用尖銳的無聲抗議尖銳的人性墮落

一幅畫的誕生

同樣可以發生槍砲的金屬聲

同樣可以敲擊歷史的鐘聲

一幅畫的誕生

可以創造萬民迎靈的民族魂

可以長期吸引不同膚色民族煥發的眼神

面對著格爾尼卡的真跡

我看到的是佔有歷史的一個牆面

我聽到的是自己內心排山倒海的驚惶

一幅畫的誕生

竟使我匆匆來到面前　匆匆低頭走過

我究竟在追尋什麼　我究竟在逃避什麼

1998.02.03
馬德里

馬德里萬歲

左旋打開水龍頭　右旋關

在這裡

開水龍頭要右旋

關水龍頭要左旋

門閂打橫閉鎖　垂直打開

在這裡

閉鎖卻在垂直方向

開鎖要打橫

晴天出太陽　陰天可能下雨

在這裡

陰天出太陽
下雨天也出太陽

君王封建　政黨訴諸民意
在這裡
國民黨獨裁三十餘年
靠國王開放黨禁辦理選舉

1998.02.04
西班牙科爾多瓦

科爾多瓦的一幅畫

陰天　潮濕的街道

我走進一條小巷

兩邊灰泥的牆壁上

掛著青銅的鐵架　高低不平

放著紅磚的花缽　形式不一

種植虎虎有風的綠意

猶在冬眠中或是午睡期的花卉

小巷通到中庭

有噴泉　磚砌的圓形泉欄

有檸檬樹　唯一的檸檬黃

鐵雕的窗櫺　鏤刻的門飾

綠藤手拉手連繫鄰居的白牆

擺著模特兒的姿勢

等候任何藝術家的心動

在擺滿各種瓷器的小店裡

土耳其少女在張羅觀光客的慌張

我在裡面畫室遇到一幅畫

從剛才的中庭望出去

小巷　白牆　赭紅花缽　綠葉　陽光

喧鬧的花朵像是猴子拉著猴子

教堂的尖頂撐住一大片天空

我六十二歲　回望來時路

竟然遇到這幅畫將陪伴我餘生

女畫家二十六歲　在科爾多瓦承受風格沐浴

在奇妙的交匯點上沒有邂逅

她忙著創作色彩的藝術生涯

我奔向人生的觀光旅途接近故鄉的終站……

記得她是梅瑟德絲・吉・古茲曼

1998.02.05
西班牙科爾多瓦

佛朗哥是誰

堂吉訶德在馬德里的西班牙廣場

往南我在小鎮的塞萬提斯客棧歇息

然而　佛朗哥　佛朗哥在哪裡

在索菲亞王妃美術館

我投奔畢卡索　　達利　　米羅

然而　佛朗哥在哪裡

到了科爾多瓦古城

鍾情於初出道的梅瑟德絲畫風

我又探聽佛朗哥在哪裡

在安達魯西亞的塞維爾

被格列柯的神出鬼沒傾倒

然而　佛朗哥究竟在哪裡

終於到達加泰羅尼亞的巴塞隆納

陷在畢加索美術館的空間內

然而　佛朗哥　佛朗哥究竟是誰

1998.02.10
巴塞隆納

安達魯西亞的歌聲

安達魯西亞的歌聲

歌聲有陽光的味道

陽光　陽光塗著蜂蜜

歌聲在地中海邊飄揚

安達魯西亞的葡萄

葡萄有陽光的味道

陽光　陽光塗著奶油

葡萄在平原田野匍匐

安達魯西亞的橄欖

橄欖有陽光的味道

陽光　陽光塗著乳酪

橄欖伸手向天空祈禱

安達魯西亞的濛霧

濛霧有陽光的味道

陽光　陽光塗著灰泥

濛霧封鎖陌生的丘陵

1998.02.07
西班牙阿利坎特

詩的終點

六十歲時　我想到死亡

開始渴望無盡的旅行

在旅行中尋求詩

因為詩是死亡的必然形式

或者說　是在旅行的時候

我開始渴望死亡

在死亡中建立風格

因為風格是死亡的偶然成就

其實　十六歲時用詩探索

就開始步向死亡之路

想用詩追求死亡的輝煌
因為詩是旅行無盡的終點

在卡塔羅尼亞廣場
黃昏後　微風吹著巴塞隆納
燈光漸明　梳著噴泉的髮絲
啊　死亡創造歷史的燦爛

旅人沒有終點
只是在美的饗宴中暫時歇腳
然而　詩畢竟有時盡吧
那才是死亡的起點

1998.02.08
巴塞隆納

天　窗

在我的內面空間

開設許多窗口

有的通向純粹的世界

有的通向形形色色的人際

有的吸納陽光雨露

有的承受尖銳的雜音

在我骨頭逐漸腐朽的時候

只有骨氣依然存在

我開始逐一關閉窗口

有的是生命不需要的

有的是被世界拒絕的

我發現即使最黑暗的時候

也可以不必點燈

因為我會留下最後一個窗口

開向永晝的詩的天窗

為妳開著

1998.08.21
美國加州

大提琴

一段大提琴的旋律
吸引著我
那悠揚而又沉重的聲音
是多麼真實的人生

沉重的思念像一隻手
伸向故鄉大地的人物
搭起一座橋梁
伸向神祕的純粹境域

而悠揚的心情
如像天鵝在湖上漫游

與天地間的水融洽

在幸福的祕境裡永存

我可以從大提琴的胴體上

彈出意想不到的音符

在生命裡享有愛

自由和幻想

1998.08.24
美國返台機上

神　殿

不錯　語言是我的家園
是我存在寓所的基地
我要在這游移的永久基地
建造奉獻的神殿

我的玫瑰神殿有著
層層裹住的花瓣
隱藏著中心的祭壇
而以顛峰的花尖指向天空

接受到愛的電波的時候
花瓣會一層一層綻開

羞怯不易暴露的心事

就像受到天啟一樣自然舒坦

語言誠然是永久的場所

但在巴別塔的囚禁下

更為永久的是愛的神殿

在此奉獻和接納

1998.08.25
美國返台機上

國家圖書館出版品預行編目

秋天還是會回頭 / 李魁賢作. -- 一版. -- 臺
北市：秀威資訊科技, 2010. 01
面； 公分. --（語言文學類；PG0299）

BOD版
ISBN 978-986-221-327-8（平裝）

861.51   98019594

語言文學類　PG0299

秋天還是會回頭

作　　　者 / 李魁賢
發　行　人 / 宋政坤
執 行 編 輯 / 藍志成
圖 文 排 版 / 蘇書蓉
封 面 設 計 / 陳佩蓉
數 位 轉 譯 / 徐真玉　沈裕閔
圖 書 銷 售 / 林怡君
法 律 顧 問 / 毛國樑　律師
出 版 印 製 / 秀威資訊科技股份有限公司
　　　　　　台北市內湖區瑞光路583巷25號1樓
　　　　　　電話：02-2657-9211　　傳真：02-2657-9106
　　　　　　E-mail：service@showwe.com.tw
經　銷　商 / 紅螞蟻圖書有限公司
　　　　　　台北市內湖區舊宗路二段121巷28、32號4樓
　　　　　　電話：02-2795-3656　　傳真：02-2795-4100
　　　　　　http://www.e-redant.com

2010 年 1 月　BOD 一版
定價：170 元

讀 者 回 函 卡

感謝您購買本書，為提升服務品質，煩請填寫以下問卷，收到您的寶貴意見後，我們會仔細收藏記錄並回贈紀念品，謝謝！

1. 您購買的書名：_____

2. 您從何得知本書的消息？

　　□網路書店　　□部落格　　□資料庫搜尋　　□書訊　　□電子報　　□書店

　　□平面媒體　　□ 朋友推薦　　□網站推薦　□其他_____

3. 您對本書的評價：(請填代號　1.非常滿意 2.滿意 3.尚可 4.再改進)

　　封面設計____　　版面編排____　　內容____　　文/譯筆____　　價格____

4. 讀完書後您覺得：

　　□很有收獲　　□有收獲　　□收獲不多　　□沒收獲

5. 您會推薦本書給朋友嗎？

　　□會　　□不會，為什麼？_____

6. 其他寶貴的意見：_____

_____

_____

_____

讀者基本資料

姓名：_____　　年齡：_____　　性別：□女 □男

聯絡電話：_____　　E-mail：_____

地址：_____

學歷：□高中(含)以下　　□高中　　□專科學校　　□大學

　　　□研究所(含)以上　□其他_____

職業：□製造業 □金融業 □資訊業 □軍警 □傳播業 □自由業

　　　□服務業 □公務員 □教職　　□學生 □其他_____

秀威與 BOD

BOD（Books On Demand）是數位出版的大趨勢，秀威資訊率先運用 POD 數位印刷設備來生產書籍，並提供作者全程數位出版服務，致使書籍產銷零庫存，知識傳承不絕版，目前已開闢以下書系：

一、BOD 學術著作—專業論述的閱讀延伸
二、BOD 個人著作—分享生命的心路歷程
三、BOD 旅遊著作—個人深度旅遊文學創作
四、BOD 大陸學者—大陸專業學者學術出版
五、POD 獨家經銷—數位產製的代發行書籍

BOD 秀威網路書店：www.showwe.com.tw
政府出版品網路書店：www.govbooks.com.tw

　永不絕版的故事·自己寫·永不休止的音符·自己唱